안양시학

차례

박은순

이지호

장정욱

정이진

정지윤

조은숙

한명원

한인실

허인혜

노 수 옥

몇 장의 계절이 쌓인 기억의 서랍
열어보지 못한 시간의 행간이 조금씩 지워진다
출구 안팎에 갇힌 생각을 털어내며
건네지 못한 안부를 들고 내렸다

우연의 이유는 우연으로 묻어둔다

0지대 외 4편

차가운 심장을 가진 여자
불은 그녀를 갖고 놀아요
불이 없으면 그녀는 아무것도 아니죠
틈을 허락하지 않는 여자의 몸
하지만 텅 빈 내부에 내용물이 채워지면 여자의 눈빛이 살아나요

불의 혀가 아랫도리를 너울너울 지나가면 흥분하기 시작하죠
그녀는 다혈질
원터치로 감정이 부글부글 끓어올라요
바운스
바운스
여자의 몸이 달아오르면
밀폐된 공간의 그 어떤 감정이라도 말랑하게 변해요
팽창된 압력은 여기까지
폭발하기 직전
그 절정에서 그녀는 합리적 결정을 하죠

머리에 추를 살짝 들어 올려 적당량의 감정을 조절해요

치익-
그녀는 간절함을 원하지만
그들의 사랑은 싱겁게 김이 빠지고 말았어요
뚜껑이 열리고
여자의 속은 다시 0
시간이 흐르면 그녀는 또 다른 사랑을 준비 중이죠

달라진 세상

마루 밑에 엎드리던 그들이
버젓이 방안을 차지하고
땡볕에 헉헉거리던 혓바닥은 에어컨 아래 낮잠을 즐기고
간식에 길들여진 입맛은
더 이상 빈 밥그릇을 핥지 않는다

미용실에서 두 귀를 화려하게 물들이고
모자를 쓰고 신발을 신고
외출을 서두르는 애완견들
개를 위한 카페, 미용실, 풀장, 호텔까지 등장했다

변신은 무죄
요즘 극한 찬사 앞에 그가 붙는다
개좋아, 개멋져, 개맛있어

오독오독 씹히는 誤讀

늦은 아침을 먹는 중년부부
마주보며 닮아간다고 믿었다
그 착각으로 삼십 년을 버텼다

여자의 말을 깍두기처럼 무심히 씹어 삼키는 남자
귓바퀴에 걸려있는 나선형의 침묵이
서로의 마음을 맛보기까지
오랜 시간이 걸렸다

언제나 정답을 요구하던
오답이 쓰인 얼굴에 건조한 기류가 흐른다
눈과 귀를 굶긴지 오래된
각을 세운 눈은 상대방을 읽지 못한다

마음의 여백이 없는 갱년기
입 안 가득 오도독 불만을 씹는다
돌아앉은 여자의 등이 서늘하다

팽나무

하늘은 넓고
땅은 비좁았다

봄을 한 장 놓고 그 위에 여름을 쌓았다
그럴 때마다 허공이 한 발 물러섰다
원과 원을 그리며 계절을 굄돌로 놓고
단단히 기초를 다졌다

조적공은 한 장 한 장 둥근 탑을 쌓고
구름을 만지려고 뒤꿈치를 들어올렸다
가지를 뻗어 반경을 넓히고
망루를 세워 언덕 너머 수평선까지 끌어당겼다

수백 년 이어진 공사
모두 그를 우러러보고
두 팔을 벌려 몇 아름의 허리를 안아보기도 했다

몸으로 쓴 거대한 역사歷史 앞에서
사람들은 절을 하고 빌었다
그는 점점 신이 되어가고 있었다

어느 날
쿵, 외마디 비명에
하늘을 품었던 그늘이 사방으로 흩어졌다

돌 위에 돌 하나 남지 않은 폐허
그가 쌓아둔 시간만 그루터기에 기록되었다

한 뼘의 시간

전철 안에서 만난 낯익은 얼굴
누구일까
그동안 입력된 인연을 뒤지고 시간을 훑어도
나의 밖으로 굴러가버린 기억은 자국이 없다
그것은 기르던 새가
어느 날 둥지 밖으로 사라진 방향 같은 것
그 막막함이 소리 없이 번져간다
얼룩의 이름으로 살아남은 기억들
너와 나의 경계에서 손가락으로 전송되는 가벼운 안부
그 감정의 민낯이 궁금하다
가깝고 먼 곳
마음이 닿지 않은 자리에 낯익고 낯선 이름이 있다
한 뼘의 시간이 지나간 자리에
하품을 추스르는 오후 2시가 졸고 있다
바퀴와 바닥의 밀착이 빚는 속도의 마찰음도
잠시 후 내 귓전에서 사라질 것이다

몇 장의 계절이 쌓인 기억의 서랍
열어보지 못한 시간의 행간이 조금씩 지워진다
출구 안팎에 갇힌 생각을 털어내며
건네지 못한 안부를 들고 내렸다
우연의 이유는 우연으로 묻어둔다
떠나는 자만 알고 남는 자는 모르는 휘발된 감정
그 사소함을 내려놓는다

충남 공주 출생, 「詩人精神」으로 등단
중앙대예술대학원 문예창작전문가과정 수료
한국문인협회 회원, 서울시인협회 회원, 중앙대 잉걸회 동인
안양여성문학회 회원
시집으로 『사과의 생각』
jadehill1004@hanmail.net

류 순 희

또 다시 갈아타야 하나 말아야 하나

직장을 옮겨온 지 3년차

낮과 밤의 경계를 허물었던 적

몇 번이나 되는 건지

환승은 이제 필요 없다네

갈아타기 그만

별을 달다

갈아타기 그만 외 1편

퇴근 길
야근을 마친 Y가 전동차에 몸을 싣네
레일을 벗어난 적 없는 전동차
힘차게 그를 끌고 가네

자리에 앉자마자
새벽 차창 밖으로 느린 시선을 옮기네

빛을 잃어가는 전등처럼 눈꺼풀은 점점 끔벅이고
퇴근 전 기웃거리던
PC화면 귀퉁이 구인광고 사이트 희미하게 뜨네

또 다시 갈아타야 하나 말아야 하나
직장을 옮겨온 지 3년차
낮과 밤의 경계를 허물었던 적
몇 번이나 되는 건지

헤아리기 힘든 손가락만 꼼지락거리다
지친 고개를 터네

집으로 가는 전동차가 환승역을 알리면서
몇 번씩 그를 흔들어보다 토닥이기도 하네
쪽잠 결에 그가 끄덕이네

환승은 이제 필요 없다네

별을 달다

훈련소가 그리 멀지 않은 마을
소년은 밤마다 꿈을 꾸었다

무거운 철모 눌러쓰고
땀에 절어 행군하는 병사들 어깨 위
낮은 계급장이 걸려있다는 걸 알고부터

잠이 들면 나타나는 별들의 세계
소년은 밤마다 별이 되어 어둠을 사른다

손때 묻어 얼룩진
어머니 서랍 속에 갇혀있다 어느 날 팔려나간
보석보다 더 빛나는 별
마침내 별 하나가 하강을 채비한다

꿈을 먹고 자란 아이

검은 머리에 흰서리 내려앉기 시작할 무렵
나이 먹은 소년 어깨 위에 별은 내리고
어머니의 밤하늘은 저 멀리서
그 별을 노래한다

(사)한국문인협회 회원, (사)안양문인협회 편집위원
안양여성문학회 회원
(사)안성문인협회 문학공로상 수상
moonvic@hanmail.net

박은순

돌밭이 넓어질수록 헛헛한 아버지 손은
점점 돌이 되어갔다
무지개를 꿈꾸며 둥근 세상을 그리던 나는
아버지의 땅을 야금야금 파먹느라
그어야 할 금을 지우고 있다

땅따먹기
복수초

땅따먹기 외 1편

섬섬약질이던 나는 또래들과 어울려
땅따먹기놀이를 했다
손가락으로 뼘을 재 둥근 세상을 그려 놓고
해거름이 엉덩이 툭툭 칠 때까지
납작한 돌멩이를 튀겨 금을 긋고 지우며
내 땅을 넓히는 놀이에 정신을 팔았다
손바닥이 얼얼하면 평상에 올라
자울자울 먼 산에 걸린 매지구름을 바라보다
손바닥만한 다락밭을 일구는 아버지를 따라
무릇을 캐거나 달래를 캐거나 했다
아버지 손등에 툭툭 붉어져 나온 핏줄 같은
다랑논을 돌며
논두렁에 지천으로 핀 자운영을 꺾을 때,
돌덩이 같은 시간을 부수고 고르며
한 뼘 한 뼘 땅을 늘려가던 아버지의 손바닥은
길이 없는 화전火田 같이 까칠까칠 이울어갔다

돌밭이 넓어질수록 헛헛한 아버지 손은
점점 돌이 되어갔다
무지개를 꿈꾸며 둥근 세상을 그리던 나는
아버지의 땅을 야금야금 파먹느라
그어야 할 금을 지우고 있다

복수초

고추바람이 문풍지를 울린다

밤마다 구멍 난 양말 꼼꼼히 기우며
가난을 깁던 어머니
사그라드는 화롯불 돋우며 가슴을 태우고
눈어리게처럼 흔들리는 등잔불 곧추세웠다

달빛을 지우는 새벽녘까지
콕콕 찌르는 바늘 끝으로 겨울을 밀어냈다
따끔거리는 손톱 밑에서
개진개진 봄이 조금씩 자랄수록
어머니 등허리는 기울어갔다

겨우내 방고래 딛고 올라오는 봄
봄을 기다리던 어린 나는
어머니의 갈라진 손끝에서 선홍빛 꽃잎 피어나는

꿈을 꾸며 잠들곤 했다

땅속에도 가난이 있을까
따뜻한 가슴을 덧대어 헐벗은 상처까지
한 땀 한 땀 박음질했던 어머니
아직도 노랗게 뜬 얼굴, 한줌허리에
희끗희끗 잔설을 품고 돋아난다

___

제9회 서울시 문예공모전 대상
제10회 서울시 문예공모전 금상
안양문인협회, 안양여성문학회 회원
연성대학교 재학 중
perl51@hanmail.net

이 지 호

어둠을 풀면 길고 긴 숨결이 풀려나오고

달은 차오르듯

사람이 사람이 되는 세상을 만들고자 하는 맨발

물은 옮겨 다닌다

우리는

돼지엄마 신돼지엄마 말엄마

신기루

그날에

물은 옮겨 다닌다 외 4편

밥상 위에 국경이 생겼다
맛을 결정하는 국경
국경을 믿고 우리는 숟가락을 든다
우리가 믿는 것이 맛을 결정한다
혀가 맛을 본다는 말은 거짓말이다

한국, 부산

후쿠시마 원자력 발전소를 덮친 쓰나미 이후
고등어는 국적을 갖게 되었다
주부는 일본산 생선을 먹지 않는다
밥상을 차리는 아침마다
지구 반대편 소식이 궁금하다
신문을 장식하는 나라 밖 기사가
반찬값의 결제를 내린다
노르웨이는 안전하다고 한다
안전은 값을 가지게 되었다

그녀는 시장에서 노르웨이산 고등어를 산다

노르웨이는 어느 날부터 맛있어진다

케냐, 나이로비

한국에서 사라진 일본산이 나이로비*에서
새로운 입맛으로 길러진다

올리치는 고등어를 먹는다
희박한 공기 속을 달리는 긴 다리 마라토너
초원 한가운데 모던한 도시처럼
이국의 노래를 들으며 값싼 이국의 먹거리를 찾는다
구간이 긴 먹거리의 마라톤은 몰라도
배를 채울 고등어는 안다
— 이건 저에게 새로운 맛이에요
— 생선 기름은 우리를 건강하게 해 준다고도 하더군요

차가운 물의 도시
사바나 너머에서 건너온 생선의 맛은
아무것도 알려 주지 않지만
그들의 혀를 사로잡는다

일본을 값싸게 산다
통째로

일본, 후쿠시마

2020년 올림픽이 일본에서 열린대요
안 먹는 고등어를 외국 선수들이 와서 먹을 거라는
소문이 돌아요
엄마는 아침마다 아이의 안색을 살피고
동네는 밤을 잃어버렸어요
여기에 남은 이야기는 누구도 읽지 않는 책으로

아무렇게나 놓여 있어요
이제 돌아갈 수 없는
마을에 대한 이야기는 동화가 되었어요
엄마와 자주 가던 어시장이 텅 비었어요
어제의 북적임은 동화 속으로 들어갔어요
후쿠시마와 어울리지 않는 노래는 부르지 않을래요

전에 먹던 밥도 이제 동화의 맛이 되어 버렸어요
동화의 촌수로 우리는 친구래요
고등어를 나누어 먹고 함께 놀던
친구의 포옹을 생각해요

시장에서 고등어를 찾을 수 없어요
시장은 이제 고장이에요

미국, 로스앤젤레스

태평양은 가둘 수 없는 공간이지
그래. 우리는 이 바다를 공유하고 있지
아름답게 포장하기에 우정은 제격이더군

있는 그대로 보여 주는 날것의 맛은 재미없지
그건 어른의 맛이 아니라고
우리가 그들을 친구라고 부르는 건
내가 하려는 장사에 도움이 되기 때문이지
그런 걸 약속이라고 부른다고
약속의 무게가 생명의 무게라고 말하는 데엔
다 이유가 있지
다른 어느 나라에서 고등어를 사 준다고 해서
우리까지 그럴 필요는 없지
고등어를 살 필요가 없다네
꼭대기에 있으면 손에 쥐어진 것이 많지
결핍도 즐긴다네

먹을거리는 국경이 없고
입맛이 국적이다
물은 옮겨 다닌다
다만 우리는 희석된 재앙을 먹어 치울 뿐이어서
오늘 아침도 월경한 미래의 재앙을 차린다

* 케냐의 수도. 마사이어로 차가운 물이란 뜻.

우리는

— 포유류는 살아 있는 동안 심장이 십오억 번 뛴다. 그러나 멈추는 시간은 다르다.

베란다 한켠에서 햄스터의 심장이 뛴다 소파에서 텔레비전 보는 인간의 심장이 뛴다 텔레비전에서는 사바나 초원 아프리카코끼리의 심장이 뛴다

뛴다는 말끝에
살아 있다는 말끝에
서로라는 말끝에
매달린 심장

햇살이 키우는 심장이 뛴다 물소리가 키우는 심장이 뛴다 외부가 내부의 혈색을 살피며 뛴다

느리거나 빠르게 흐르던 시간이 향하는 집합점(集合點)

손목이 된 시계의 초침
수평이 하나의 찰나로 변해
기울어지는 점

하나의 시계판 위에 각자 다르게 걸려 있던 시간이
햄스터 인간 아프리카코끼리가
어느 한 시점에서 만날 때
심장이 닳아서 멈출 때
서로 다른 시간에 서로를

안아 주라고 심장은 뛴다

돼지엄마 신돼지엄마 말엄마

1

아이들이
엄마들이
사라졌다고 한다

휴대전화 번호 속으로 들어간 소문은
감추는 것이 많고
책가방의 무게는 바뀌는 입에 비례하여
휘날린 자리엔 숫자 몇 개와 영단어 몇 개가 남아
밤새 울었다고 한다

간혹
돼지엄마를 찾는
새끼돼지엄마들이 앉았다 간 동네 커피점엔
빵조각이 떨어져 있지만

돼지엄마가 다녀간 날은
헤이즐넛 향기조차 남아 있지 않았다고 한다

점점
돼지가 되어 가는 아이들과 새끼돼지엄마들은
돼지엄마를 신봉하여
은밀하게 신전을 지어 놓고
절대적인 몰입과 시험지를 즐기다
인간의 영역을 침범하는 경우도 있다고 한다

오늘
한 아이가 번호 속에서 뛰쳐나왔고
새끼돼지엄마도 되지 못한 아이의 엄마는
그들만의 정보에서 방출되었다고 한다

원산지가 대치동이라는 표시 사항은 신뢰를 잃어가고

구분법을 알려 주는 학원이 생겼다고 한다

2

여전히
아이들이 사라졌다고 한다

나이가 어려졌다는 소문은
걸음보다 먼저 배우는 것으로 사실임이 밝혀졌다고 한다

3

더 이상
아이들은 사라지지 않았다

뛰는 말은 상식을 뛰어넘었다

신기루

어떤 풍경은 제 몸피를 기억하지 못한다

검은 눈동자만을 향해 조각조각 자르는

배경으로 만나는 옆과 옆

검은 곳에서 한 생명이 흘러내린다

염분으로 절어져 얌전한 숨결

뒤척이는 두 겹에 맺히는

함께 하자는 말

눈은 불현듯 비어가고

물음표를 던진다

그날에

마른 울음을 움켜쥔 두 손 마주할 수 없어
낮게 더 낮게 허리 구부리다 엎드립니다

이지러진 인간의 섬뜩한 손길에
비뚤어진 폭력의 악랄한 발길에
해사한 열다섯 소녀는 죽음 같은 죽음을 살았습니다
꽃의 이름에 남겨진 멍에는 다시 꽃으로 피어납니다
어둠을 풀면 길고 긴 숨결이 풀려나오고
달은 차오르듯
사람이 사람이 되는 세상을 만들고자 하는 맨발

끊임없이 묻는 말이 진심 어린 사과로 돌아오는
그날에
일어서겠습니다

2011년 「창작과비평」으로 등단
중앙대학교 대학원 문예창작학과 졸업
지은 책으로『시인의 안양공공예술 산책』과 시집『말끝에 매달린 심장』
안양여성문학회 회원
bunsmile@naver.com

장 정 욱

늙지 않는 여자가

눈 먼 고양이에게 손짓하네

달을 잃어버려 미안해

남은 열한 개의 달로 너를 빚을게

선물 외 4편

습관적으로 통근버스를 기다렸다
퇴직한 나를 지나칠 때까지
낙엽의 기분으로 오후를 지냈다

꿈속에서 자주 지각을 했다
시계는 내가 얼마만큼 낡아야 하는지
늙은 감정을 사랑해도 되는지 알려주지 않았다

어느 소설책에선 여주인공이 마흔 살 생일에
남편에게 손수 애인을 골라줬다

오래전 당신은 출장 중이었다
진주알은 늘어진 소문 끝에서 빛나지 않았고
영원할 것 같았던 어둠도 한 장 남았다

달력 끝에 매달려 그네를 타는 아이들

갔다가 다시 돌아오는 저 순환이
한없이 지루한 계절

먼 별자리를 되돌아 나오는 막다른 질문
골목의 뒷덜미는 아직 물들지 않았고
우리는 모두 집에 없었다

얼음 수화기

살얼음 밑으로 들려오는 전화 벨소리
밤이 얇게 얼어가고 있다
잠깐 잠깐 소리를 죽인 채
너를 부른다, 여보세요
언 물결 위로
빙점을 오가는 너와 나의 숨소리
수화기는 차갑고
목소리는 물방울 튀듯
전파의 흐름을 벗어난다
얼어붙은 수화기에 갇힌 채
들려오지 않는 말들
꼬인 전화선으로
깨진 물결의 파장이 흐른다
점점 두꺼워지는 침묵의 결
눌러진 버튼마다
언 지문만 하얗게 남아있다

언제쯤 저 수화기가 녹을 수 있을까
냉기가 감도는 사이 목소리는
얼음 속 물고기처럼 눈을 감았다

종이 인형

가끔 입체감 없는 어린 시절이 튀어나오면 도화지 위에 당신을 그려 넣어요. 조심스럽게 목이며 몸통을 오려내지요. 납작한 엄마가 태어났어요. 아주 작은 당신,

낯선 방에서 잠을 자요. 칠 벗겨진 뒤주 위 엄마 냄새가 나요. 딱딱하면서도 높은 그곳에서 새우잠을 구부리면 종이 인형이 자장가를 불러줘요. 크레파스로 색칠한 옷을 걸치고 나를 안아요. 심장에 묻어나는 그 붉은 소리

아침이면 종이 인형이 월남치마를 입어요. 뒤주 속 바닥을 긁어 밥을 짓지요 무쇠 솥 흰밥에 피어오르는 안개 같은 김, 얼른 커서 나도 엄마가 되고 싶어요

하도 매만져 엄마의 살갗은 다 해졌어요. 그치만 두 눈은 한 번도 감긴 적 없죠. 밤낮으로 피곤한 목과 팔다리, 테이프로 너널너덜해진 엄마를 붙여요

휴식

나는 오늘 죽어
천국에 왔다

세수도 하지 않고
흙에 누워
다디단 문장
긴 여운의
향이 밴
당신의 시집과 함께
여기
누워있으니

나는 오늘
참 잘 죽었다

달의 다음 날

잡은 두 손이 녹슬어버린 연인들
달의 모서리

모래로 세워진 모텔 앞에서
서로의 눈을 지우고 있네
첫 번째 어둠으로

한쪽만 남은 스타킹
둘둘 말아 가방에 넣으면
색색의 안개
힐의 높이로 걷고 있네

두 칸씩 말을 거는 보도블록
짜 맞춘 낱말의 배열이 깨지고
그 사이로 비집고 나오는 허밍

늙지 않는 여자가
눈 먼 고양이에게 손짓하네
달을 잃어버려 미안해
남은 열한 개의 달로 너를 빚을게

속눈썹 밑 풍경을 두 손으로 비비며
둘 사이가
벼랑처럼 흘러내렸네

2015년 『시로 여는 세상』으로 등단
안양문인협회, 안양여성문학회 회원
42soori@hanmail.net

정 이 진

눈 감으면 어둡지만
푸른 세상이 있어
눈 감은 세상과 눈 뜬 세상
경계에서
감았다 떴다를 반복하다
카메라 렌즈에 붙잡히신 어머니

눈 감은 어머니

물을 끓인다

촛불

매미 떠나던 날

그리움

눈 감은 어머니 외 4편

묵은 사진첩을 뒤적이다 보니
색 바랜 벽화처럼
창백한 얼굴들이 있다

사진마다 유난히 눈 감고 계신 어머니
마치 정물처럼 흑백에 정갈한 모습이다

힘들었던 시간 등에 지고
모든 것을 털어낸 듯
꿈을 꾸고 계신다

눈 감으면 어둡지만
푸른 세상이 있어
눈 감은 세상과 눈 뜬 세상
경계에서
감았다 떴다를 반복하다

카메라 렌즈에 붙잡히신 어머니

잠시나마 행복했던 미소가
봉선화 꽃잎에 얹혔다가
눈 감지 마시고 웃으시라는 요구에
못 들은 척
꼭 감아버린 어머니

물을 끓인다

유리 주전자에 물을 끓인다

투명하게 비치던 세상 속
맑고도 눈부시던 그대 영혼
한때는 사랑의 신열로
끓어 넘치던 정열
활활 타오르는 가스 불에 넘쳐
시름시름 열병 앓으며
물 밑으로 가라앉는다

사랑이란
넘쳐도 모자라도
아픔인 걸 알기에

촛불

혼신을 다해 태우는
촛불하나
마지막까지 최선을 다해 버티고 있습니다
심한 바람으로
행동은 어눌했지만
매캐한 연기 내뿜으며
삶의 끈을 놓지 않았습니다
점점 녹아 내려
오래 머물 순 없었지만
참아내야 했습니다
애써 태연한 척 하지만
속 타는 마음
어찌 헤아릴 수 있겠습니까
모두들 그의 삶이 아름답다고 하지만
그는 진즉부터 알고 있었습니다
위로의 말이었다는 것을

매미 떠나던 날

여름 내내
뜨거운 뙤약볕에
온몸을 토해내던 너
여름이 무르익던 어느 날
상수리나무에
긴 울음 남기고 떠났습니다

옷 한 벌 벗어 두고 떠났습니다

그리움

밤낮을 갉아먹는 너와
끝없는 전쟁을 한다

무지갯빛 소중한 추억 길어 올리며
놓칠세라
그물을 던진다

깊이 모를 정적이
까마득하게 먼 곳까지 맞닿으며
뛰는 가슴도
만선의 기쁨도 잠시
어둠 속에서 번지는 파도의 음조만
애절하다

좀 더 오래 머물고 싶어
하얀 물꽃 피워대며 다가오지만

잡으려는 순간 빠져나가는

외로운 섬 하나

홍익대학교 미술대학 대학원 회화과 석사과정

개인전: 10회

해외아트페어 및 단체전: 50여회

수상: 경향신문공모전 및 대한민국미술대전 입상 11회

저서: 「샤갈의 눈 내리는 마을」, 「내 눈 속에 살고 있는」, 「사랑하나 키우고 싶습니다」

그 외 공저다수

동국대문학인회. 현대여성미술협회운영위원, 과천미협

안양문인협회, 안양여성문학회

eezin3@hanmail.net

정 지 윤

잠시 멈춰선 채

먼지 같은 시간을 바라다본다

고통은 크기만큼 가벼워지는 것이어서 깔깔거리며

저마다 제 이름을 깊은 곳으로 불러들인다

아르볼 께 까미나(arbol que camina)

걸어가는 나무 외 4편

그들의 발소리는 너무 조용하여

먼 훗날 겨우 발견될 뿐,

아르볼 께 까미나(arbol que camina)

태양을 찾아가는 나무의 뿌리는

아마존의 고대 지도를 기억한다

끝과 시작이 맞닿은 유랑

기억을 더듬는 긴 촉수의 뿌리들은

수십 개월 느리게 이동한다

걷는 나무에게 숲은 한낮 궤도일 뿐

달과 달 사이로 시간이 흐른 뒤

숲은 파헤쳐졌다

나무들은 뿌리 앞에서 뒤틀림을 멈춘다

태양을 훔치는 뿌리들은

제 뿌리를 등 뒤에 남기며 다시 앞을 향해 걷는다

숲을 향해 숲이 되기 위해 걷는 일

아마존을 느린 걸음으로 가는 아마존의 나무들

언젠가 숲이 초원에 이르는 날

절룩거리며 걸어 나와

제 그림자와 뒤꿈치에 박힌 상처들을 전할 것이다

잠시 멈춰선 채

먼지 같은 시간을 바라다본다

고통은 크기만큼 가벼워지는 것이어서 깔깔거리며

저마다 제 이름을 깊은 곳으로 불러들인다

아르볼 께 까미나(arbol que camina)

샘 치과

장례식장 입구에 샘 치과가 있다
치통이 그렇듯 부고는 느닷없이 온다
리본을 단 국화의 향기는 학습되는 법이지

유리문에 비치는 흰 가운들의 중얼거림
의사는 입속을 뒤적이며 썩은 뿌리를 찾는다

산 자들만 이가 썩는 것은 아니야

크게 입을 벌리는 참회의 순간
걸어온 곳보다 더 깊숙한 곳에서
찌꺼기들이 곪는다 독하게 뱉어낸
말들이 썩느라 어금니가 아프다

소화되어 버린 것들이
말과 말 사이에 치석처럼 쌓여간다

치석을 제거하는 사이 유리문 밖으로
한 구의 주검이 빠져나가고,

이가 뽑혀 나간 자리
치료가 끝난 치통들이 하나 둘
샘 치과 계단을 내려간다

흰 국화와 등을 맞대고 선 자리
나는 떠나간 자들의 마지막 출구에서
치통의 이력을 곱씹으며
이를 꽉 다문 시간들을 빼낼 수 없다

스카이댄서

묶인 일들은 풀어버려요 원피스는 바람과
함께 추는 브레이크 댄스
과장된 스텝이 우리를 살게 하죠

문자로 날아오는 해고 통지
부은 내 얼굴을 깎아요

나는 새우깡에 길들여진 갈매기처럼 날아요
출렁이는 지갑
때론 팔 수 없는 계약들이 있죠

흔들릴 때 호명해요 껍질 속의 휘파람
영안실에 두고 온
이력서들을 불러볼까요

터질 듯 가벼운

통지서가 우리를 춤추게 해요
더 가벼운 것들로 허기를 채우는 우리는
밀폐된 입을 가진 댄서

닿을 수 없는 몸 안에 갇혀 흔들리며
끝없이 증식되는 그림자들

동전 속의 새

명함 없는 구름이 기웃거리는 식당
쫓겨난 직업들은 대부분 가벼운 음식이 된다

일사불란한 강남대로
그래, 그곳은 협곡이야
굳게 다문 대부업체 유리창이 검게 빛난다

역삼동 뒷길 받쳐주는 손은 어디,
유리창 너머 등을 댄 술잔에 거품이 넘친다

포장마차엔 의자가 없다
사라진 이유, 몰라
흥건하게 적시는 퇴출당한 구름들

흐물흐물 우려진 국물을 마시고
뼛속까지 우려낸 시간

맛있는 건 공평한 것일까

국물의 간이 입맛에 맞는지
적당하기는 한 건지
수증기 너머로
뭉개진 지문들이 풀어내는 소리
허기도 쌓이면 날개가 될까
하지만 죽기 전에는 빠져나갈 수 없다

그래, 동전 속이었어
학 한 마리 화살처럼 빠르게 한강을 거꾸로 날아오른다

눈물은 비어있다

가까웠던 산들이 물을 거슬러 오른다 구름은 물속으로 추락하고 다 흘러간 뒤에도 출렁이는 입술 나는 목이 마르다 빗방울은 눈썹 밖으로 떨어진다 눈을 감는 순간 모든 것은 가까워지고 이해되지 않지만 뚜렷한 소문들

끌어당기는 힘이 깨진다 저녁 빛 속에서 비늘들은 투명하다 차오르는 수위 너머 작업복을 입은 채 느리게 걷는 자들의 지느러미 어긋난다 해독할 수 없는 물의 화석을 깨뜨릴 때 마다 눈물은 비어있다

수많은 결별 흔들리지 않는 눈빛
너를 향해 걸어간 거리만큼 등 뒤에서 사라지는 잎사귀들
반사되는 물고기처럼 전광판에 부딪친다
보도블록 틈새에 씀바귀가 돋아난다

2009년 「시에」 등단
2014년 「창비어린이」 동시, 2015년 「경상일보」 신춘문예 시
2016년 「동아일보」 신춘문예 시조 당선
전태일문학상, 신석정촛불문학상, 김만중문학상 등 수상
jmk4033@naver.com

조은숙

엎어놓은 옹기 뚜껑엔

혼자 먹자고 대충 내놓은 반찬처럼

은행잎 한 장 단풍잎 한 장, 소박했다

비의 식탁 외 4편

항아리를 쓰다듬던 어머니의 손길이 뜸해지자
배불뚝이 장독들도 윤기를 잃어갔다

엎어놓은 옹기 뚜껑엔
혼자 먹자고 대충 내놓은 반찬처럼
은행잎 한 장 단풍잎 한 장, 소박했다

할머니나 어머니의 손맛을 기억하려면
이씨 간장 한 국자가 필요한데
비를 품은 바람은 남은 한 방울까지 날려버리고

말끔해진 장독대
비가 차린 식탁에는
간장보다 진한 하늘이 빠져있고
구름은 얼룩처럼 떠다녔다

유빙

투석을 마친 엄마는
우매보시가 먹고 싶다했다

시큼털털한 그것 대신
새콤달콤한 매실장아찌를 가져갔더니
한 술 겨우 뜨고 입을 다무셨다

우매보시 찾아 다시 들렀을 때
흐릿한 엄마입술은 이미 화장을 마친 후였고

냉동고 안 포장이 뜯긴 비닐봉지에
소금에 절어 꾸들꾸들 말라버린 엄마를 보면
입이 텁텁하여

얼음덩이처럼 떠돌다
아무데나 부딪혀 금이 가고
아무나 들이받아 귀가 떨어지곤 했다

수선공

책상 서랍에 갇혀있던 누비 필통을 찾았다

도로의 포트홀처럼 이가 빠져
더 이상 길을 내지 않는 지퍼
지느러미 같은 고리를 살살 달래가며
필통의 배를 가르자
언어의 비린내가 풍겼다

고등어가 없는 국제시장은 생각할 수도 없지
자갈치와 충무, 남포를 누비던 등 푸른 그때
펄떡거리던 문장들은 축 처져

내장엔 잉크얼룩이 배고
시를 잣던 연필은
소금에 절은 간고등어처럼 몽당했다

비를 품은 구름으로 헤진 구멍을 메운 산들바람은
할머니의 손길로 파란 물결도 새겨주었다

매핵기

입이 좁은 항아리에 매화 가지를 꽂아두고
잠이 들었다

눈도 뜨기 전 건넛방에서 새나오던 헛기침
누구보다 먼저 밤길 마중 나오던 아버지의 밭은기침은
소시장으로 끌려가던 황소의 울음처럼 떨어지지 않아

그때부터 아버지를 외면했었다

양지바른 눈밭 매화나무는
각혈 같은 붉은 얼음꽃봉오리만 맺고
더 이상 향을 피우지 않았다

그 후, 약을 삼킬 때마다 매번 목에 걸리는 알약

눈이 녹아 흐르는 소리에 눈을 떴다

매화나무 아래

휘파람을 부는 달 항아리

그 곁에 아버지가 힘껏 서 있었다

예약석

문중에서는 큰아버지의 가묘가 있던 선산발치에
납골당을 지어 흩어진 조상들을 불러들였다

죽음으로 사라진 그들을 기억하기 위해
후손들은 시들지 않는 꽃으로 영역표시를 했다

유택의 돌문은 쉽게 열렸고
껴묻은 시간은 그대로 보존되어 있었다

이승과 저승을 가볍게 넘나드는 가족
오늘도 여기 식구 한 명 안치하고 돌아서는데

문득
출구 세 번째 저 자리
너무 비워두는 것 같다는
묘한 기운,

종가납골당에는 오래 전 예약된 내 자리가 있다

시작노트

셔츠 다림질 하다말고
해가 너무 좋아

윤달에 장만한 수의
사월 볕에 내다 걸었다

모시적삼에 고이는 봄볕이 너무 좋아
바람 좀 쐰다는 것이 그만

셔츠 가슴에 눌린 손자국을 만들었다

(사)안양시 자원봉사센터 APAP 도슨트 봉사 표창장 수상
자원봉사 활성화 유공 표창장 수상
제 13회 삶의 향기 「동서문학상」시부문 입상
안양문인협회 감사, 안양여성문학회 회원
61107@hanmail.net

한명원

바람 속에서 걸어 나온 발자국

맨발의 굳은 살 위로 발을 맞추어본다

신발은 어디서 잃어 버렸을까

구름의 제 끝을 따라갔을까

자른다. 잘린다.

초록장화

굽

검은 집 가장

구석이라는 곳

자른다. 잘린다. 외 4편

초승달이 구름을 자를 때
사각사각, 사각사각, 손발톱 자라는 소리
손톱깎이를 찾는다.
잘린 것들은 잘리는 순간만이라도 높이 날아오르고 싶다.

장마철이면 봉숭아로 물든 손발톱에서 짐승의 비린내가 난다. 몹시 배가 고팠다. 먹을 것이 없어 손가락 사이사이를 핥다가 송곳니로 꽉 깨문다. 입술에 핏방울이 튀는 아침이다. 고양이가 슬금슬금 피하고 개가 으르렁 거린다.

그런 날은 이빨이 뾰족해지고 손발톱이 더욱 길게 보인다. 손에 잡히는 대로 물건을 물고 뜯고 날뛴다. 잘린 것들은 날카롭다. 천장에 잘려진 하늘과 구름이 보인다. 목이 잘린 꽃잎이 떠다닌다.

문이란 문은 다 열어본다. 잘려진 것들의 핏물이 혹여 어디에 묻어 있나, 고여 있나, 방안 구석구석을 살피고 살핀다. 핏빛은 어디

에도 없고 잘려나간 손발톱만이 구석에 엎드려 있다. 잘려나간 꿈
의 냄새로 방안이 비릿하다.

초록장화

숲에 나무의 각질이 날린다
저것들은 나무가 바람 속을 걸어 다닌 시간들
주저앉을 사이도 없이 걸어온 거리다
발바닥 사이에서 피어올라 낮과 밤으로 나뉜 흔적들

나무들은 야행성 동물 같아
밤이면 숲 저쪽으로 뛰어다니다가
새벽이면 꼬리를 말아 넣고 몸을 줄여 잠이 든다

숲의 외곽들은 가장 늦게 잠들고 가장 먼저 일어난다
나무들의 털이 곤두서고 있다

바람 속에서 걸어 나온 발자국
맨발의 굳은 살 위로 발을 맞추어본다
신발은 어디서 잃어 버렸을까
구름의 제 끝을 따라갔을까

산 너머 두꺼운 구름장들이 사방으로 퍼져나간다

저기 넝쿨들이 신발 끈을 매고 있다
이때 나무는 초록장화를 신고
장마를 지나 폭염 속을 걸어갈 것이다

굽

굽이란 단어를 재보면 땀 냄새가 숨어있다. 글자를 오래 쳐다보면 반복적인 발자국 소리에 리듬이 생겨 바닥을 박차고 나가 달리고 싶다.

굽의 조상은 말에서 유래되었을 것이다. 인디언들은 추격할 때 사람의 흔적보다 말의 흔적을 찾아 방향의 소리를 뒤쫓았다. 아마 추측이란 단어도 말굽에서 나왔을 것이다. 이때부터 말들은 사육당해 발굽에 골라 딛는 눈이 밝아졌다. 말들은 나무 울타리 사이사이로 뛰어다니며 아픈 발로 음표를 만들기 시작했다.

신발장을 열면 제각기 다른 크기의 굽들이 보인다. 키가 자라는 소리, 발이 아픈 소리가 들린다. 그 중 높은 굽에 손이 자꾸 간다. 소리가 비스듬히 닳아 있어 친숙하다.

구두 굽, 소의 발굽, 말굽은 땅을 공경한다. 가장 피곤한 외연의 소리들이 묻혀있는 내력이 있기 때문이다. 나는 굽을 끌고 밖으로 나간다.

몇 세기가 흘러도 굽은 여전히 신발을 떠나지 못하고 곡을 한다.

검은 집 가장

검은 집 가장은 검은 종교를 갖고 있었다
달을 오래 갈다보면 맑고 빛나는 보름이 되었다
그 달로 눈알을 갈아 끼운 검은 집 가장은 날벌레들 윙윙대는 시야
로 한쪽 눈을 잃고 달의 소리를 키웠다

검은 종교가 바닥에서부터 스멀스멀 올라왔다

불을 숭배해 불이 되고 싶었던 가장은 긴 굴뚝을 싫어했다
굴뚝은 늘 바람의 눈치를 살피며 검은 속으로 흰 연기를 피워 올렸
다
검은 집 가장은 검은 집에 들어가 불길처럼 춤을 추었다
타고 남은 검은 뼈를 보면서 손을 쳐들고 절을 하거나
그곳을 검은 신전이라 칭했다.
검은 집 가장이 지나가면 사방에서 흰 연기가 모락모락 났다
바람이 부는 날은 활활 타는 불꽃 말을 중얼거리며 거리를 뛰어다
녔다

불꽃을 단 화살처럼 숲으로 사라졌다가
잠잠한 날로 돌아오곤 했다
그럴 때면 숲속에 모든 새들이 마을로 날아와 시끄럽게 울었다

이 사람의 웃음은 어떤 차트에서도 발견되지 않았다
단지 검은 신이 다녀갔을 뿐
검은 집 가장은 검은 뼈대로 흩어지는 것들을 연결하고 싶었을 뿐
보름달에다가 검은 털을 붙이고 싶었을 뿐

보름달이 하늘에서 사라진 날
검은 집 가장은 마을에 모든 불들을 가지고 사라졌다
그 후 마을에서는 한 번도 흰 연기가 나지 않았다

구석이라는 곳

　모퉁이가 모퉁이를 만나 아침과 석양이 될 때 구석은 생겨납니다. 아이들이 그곳에 가서 앉으면 물방울이 똑똑 떨어지기도 합니다. 구석은 모퉁이 저쪽이 궁금해 웅크리고 앉아 훔쳐보면 모퉁이 저쪽도 이쪽과 같은 모습으로 보고 있습니다. 모퉁이에게 사육당하는 것들을 보면 웅크리고 있는 내부가 보입니다.

　새들의 알에는 구석이 없지만 발과 부리의 위치가 있어 가끔 따끔거리는 곳을 구석이라 부르기도 합니다.

　구석은 굴러다니는 소리를 밟으며 자랍니다. 밀리고 밀리다 구석이 되는 것들은 온몸이 발이 되기도 합니다. 구석을 깨고 나온 것들은 손이 없고 하얗게 터지는 물살이 되기도 합니다. 그때, 피어오르는 구름은 푹신하고 차갑습니다.

　아이야 크레파스를 가져다 흰색으로 모퉁이를 좀 칠해봐. 빗자루로 모퉁이를 쓸어 노을 속으로 넣어보렴. 아니야, 몽둥이로 힘껏 내리쳐봐. 차라리 흙으로 덮어버려. 힘센 망아지에게 모퉁이를 끌고 가라고 채찍질을 좀 해 봐.

　모퉁이가 없어지면 이쪽과 저쪽이 없어질 것입니다. 그러면 구석들은 평행선 위에 모두 서 있겠지요. 구석은 털썩 주저앉기 좋은 곳. 어둠이 몰려나오는 곳입니다. 구석은 하품이 나오고 눈이 감겨집니다. 밤에 안겨 새근거리는 잠이 됩니다. 가만히 귀 기울여 보세요. 구석의 숨소리가 들릴 것입니다.

2012년 「조선일보」 신춘문예 등단
중앙대학교 대학원 문학예술콘텐츠 수료
안양여성문학회 회원
08bada@hanmail.net

한 인 실

언 손 녹여 가며

향기로 쓴 저 문장들

봄날의

베스트셀러가 아닌가

梅花

간고등어

마음이 머물렀던 자리

그 집

배롱나무 꽃

梅花 외 4편

언 손 녹여 가며
향기로 쓴 저 문장들
대충 읽어봐도
마음이
온통 설렘으로 물드는
봄날의
베스트셀러가 아닌가

간 고등어

비린내가 구워지는 저녁

집안 가득
바다가 풀어내는 속내
며칠 내내 배어있는 등 푸른 기억들

간 고등어가 제일 맛있는 줄
알았던 시절이 있었지

노릇노릇한 밥상 앞에
둘러앉은 식구들
입가에 번지던 웃음기

가난에 절여졌지만
별빛을 눈에 담았던 날들이었지

아궁이 잔불에 구워지던 저녁이
수수깡 걸쳐진 봉창을 넘어와
가스레인지 불꽃에 올려져
접시에 반듯하게 누워 있다

지글대며
익어가던 수다가 드디어 잠잠해졌다

마음이 머물렀던 자리

결혼기념일 선물로 받은 꽃다발
언제부턴가
잊힌 존재가 되어 고개 떨구고 있다

이제 그만 치워야지
쓰레기 통으로 가려던 손길
거두고 도로 제 자리에 놓는다

웃음이 피어났던 날은
색 바랜 지 이미 오래지만
기억 속 그날은
여전히 봄날이기 때문이다

추억은 마음을 주저앉히는 힘이 있다

오늘도

몇 장의 마른 기억이
바닥으로 떨어졌지만
잊히길 거부하는
몸짓으로 여전히 그 자리에 머물러 있다

그 집

아흔 번 넘게
봄이 다녀간 집
해마다 꽃망울 터지던
감성이 오래 전 말라버린 집
잡풀로 자라는 망상 속에서
하루가 다르게
폐허의 조짐이 보이는 집
낮과 밤의 경계가 허물어진
틈 사이 하소연이 자라고
균형을 잡아주던 생각들
자물쇠 채워진 지 오래 된 집
몇 권의 내력이
기록된 집안에 갇혀
어지러운 잠속 헤매는 동안
넉넉한 품이었던 집 한 채
계절의 문턱을 힘겹게 넘고 있다

배롱나무 꽃

안채 가득 불 밝히고
달구어진 계절의
징검다리를 건너고 있다
저마다
하염없이 늘어져
더 이상 기운을 차릴 수 없다고
시퍼런 투쟁이 한창일 때
꺼진 심지 갈아가며
백일동안 불꽃을 피우는 모습
그 열정의 흔적들
사방에 불티로 흩어져 있다

안양문인협회, 안양여성문학회, 천수문학회 회원
is-han57@hanmail.net

허 인 혜

상상은 늘 환상의 방식이라지요

이제, 누가 이 방의 물을 갈아 주세요

얼룩덜룩한 저 지문들을 닦아 주세요

유리의 방 외 4편

빛으로 빚은 벽 속에 누워 본 적 있나요
프리즘에 꺾인 일곱 가지
빛의 파장 안에서 잠자는 인어공주 쯤

상상은 늘 환상의 방식이라지요

빛들로 가득찬 투명한 밖이
희뿌연 안을 기웃거려요
사방이 유리벽인 방 안에
심해처럼 가라앉은 밑바닥을
두꺼운 물결이 짓누르고 있어요

부유물을 걸러내지 못하는 스펀지 침대에서
눈 뜬 잠을 건져 올리고 있어요
썩은 책의 낱장들이 흐물흐물 따라 올라가요
스피커가 찌그러든 라디오는

뽀글뽀글 더 이상 음악을 뽑아 올리지 못해요

방의 출입구는 천정에만 있어서
입술을 더 태워야 해요
몸을 비틀 때마다 비늘이
한 장 한 장 떨어져 떠올라요
붉어진 눈으로
물미역모스처럼 벽이 흔들거려요

뻣뻣해진 지느러미로
어항 속의 수면을 가끔 흔들어 봐요
이제 나가도 되냐고 몸살 앓는 몸이
밖을 노크해 보는 거죠
가라앉았던 기억들이 뿌옇게 떠올라요

이제, 누가 이 방의 물을 갈아 주세요
얼룩덜룩한 저 지문들을 닦아 주세요

적조

바다의 이마를 짚어 본 구름에선
근심의 촉진이 묻어나왔다

먼 바다로부터 달려온 너울은 맥박을 놓치고
허우적거린 자리마다
거품을 물고 헛소리를 중얼거렸다

허기진 조류藻類는
게걸스럽게 바다를 먹어 치우고 붉은 잎을 토해 놓았다

쪽빛면상으로 얼룩이 번져 왔다
체기의 열꽃이 만개한다

발효되지 못한 어부의 꿈
부패한 냄새로도 날아가지 못하고
둥둥

가두리 양식장에 갇혀 울렁거릴 뿐

바다의 안색을 읽으러 온 구름이
손끝에서 검붉은 페이지를 넘기지 못하고 있다

뭍의
기울어진 골목에
성충이 갉아 먹은 간판들이 난파선처럼 뒹굴고 있다

누름돌

발효의 시간으로 깊어진 항아리
고요를 덮어 놓은 뚜껑이 무겁다
눌려 있지 못하고
소금물 위로 삐죽 빠져나온 푸릇한 날내
짜고 뜨거운 시간을 박차고 나온 부위가 물컹하다

평생 말씨가 고왔던 어머니는
매끈한 돌덩이를 보시면 주워 모으던 버릇이 있었다
누르고 눌러야 할 것이 다양했음이다

무장아찌 마늘장아찌 고추장아찌
나는 어떤 장아찌였을까

오늘 나를 성급하게 빠져나온 말
노릇하게 숙성되지 못하고
푸르죽죽한 풋내만 풍기는 떫은 말맛

그 위에
어머니가 물려 준 돌 하나 눌러 놓는다

군불

아버지는 해질녘 겨울이면
늘 깊은 사랑방 아궁이를 들여다보셨다

해종일 언 산을 헤집고 움켜 온 한 짐의 삭정이 뚝뚝 꺾어
어둑한 물길에 풀어 놓으면
냉기를 뚫고 느리게 헤엄쳐가는 목어 떼

올곧은 큰 줄기 키워 내고 제 할 일 다 끝낸 가지
비로소 붙박은 몸 풀고 꼬리지느러미 힘차게 차고 나간다

발자국마다 고인 온기로 지나간 흔적이 따뜻하다

삭정이보다 더 삭정이 같은 손으로
겨우내 하늘호수에 방생을 했던 사람이 있다

누가
나의 시린 등을 날마다 들여다본다

폭우

강물이 두꺼워졌다
비로소
수면을 뚫고 날아가는
푸른 새떼
묵묵히
죽지 밑에 깃털을 키우며
가끔씩
날개를 적셔
수심을 재보더니
움푹
버드나무 날아간 자리

안양문인협회부회장, 안양여성문학회 회장
herdk@hanmail.net

■ 안양시학 동인 시집

『말끝에 매달린 심장』 이지호 시집

『사과의 생각』 노수옥 시집

『내 눈 속에 살고 있는』 정이진 시집

『사랑 하나 키우고 싶습니다』 정이진 시집

안양여성문학회 동인지 6

안양시학

초판 인쇄 2017년 12월 7일
초판 발행 2017년 12월 12일

지은이   안양여성문학회 (허인혜 외 10명)
펴낸이   장호수
펴낸곳   도서출판 시인
　　　　등록번호 제384-2010-000001호
　　　　등록일자 2010년 1월 11일
　　　　13992 경기도 안양시 만안구 안양로 320번길 20(안양동) B동 2층

　　　　Tel 031-441-5558 Fax 031-444-1828
　　　　E mail : siin11@hanmail.net / http://cafe.daum.net/e-poet

ISBN 979-11-85479-14-9   03810

※ 이 책은 2017년 안양시의 문화예술진흥기금 일부를 지원받아 제작되었습니다.